저기 저 침묵의 바다에서

박진표 제4시집

시음사
시사랑음악사랑

시인의 말

오늘도 마음밭에 희망이라는 씨앗을 심어
자그마한 꿈들을 꾸며 살아가는 우리들.
값없이 선물로 받은 하루라는 축복.
여러 가지 모습으로 다가와 오늘을 살며
울고 웃는 우리들 토닥여 삶을 배움하게 한다.
저 푸르른 아름드리나무도
처음엔 하나의 작은 씨앗이었지.
시련을 뚫고 나와 연초록 새싹을 만들어
너 푸른 잎으로 노래하고
비와 바람 천둥을 안고 탐스러운 열매를 키웠으리라.
오늘이라는 심지를 꼿꼿이 세워 나는 오늘도
세차게 불어오는 바람 앞에 당당히 서서
나의 향기를 품고 나의 노래를 부른다.

시인 박진표

* 목차

* 목차

저기 저 침묵의 바다에서

삶이라는
저 깊은 곳에는
무엇이 살고 있을까

도무지
알 수 없는
어둠의 침묵들

너는
말없는 몸짓으로
삶을 노래하네

바람이 거세면
그대 잠시 멈추고

막다른 길을 만나거든
맑은 샘물처럼 고요하라

그곳에
꽃이 피면 알리라
슬퍼도 노래하며
침묵 속에서 고요히
밝아오는 새벽을 깨웠노라고

유혹

그립다 말하면 잊혀질까
차마 말하지 못하고
애써 외면하며 마음을 닫는다
하늘 아래 땅 위에
등이 굽고 허리가 휘도록
우리가 찾아 헤매는
욕망의 파라다이스
그 끝에 기다리는
가면 쓴 현실이 쓸쓸하다
나를 지키기 위하여 하나는 버려야 한다
나를 지킴이 이토록 처절하다
뒤돌아보지 말아야지

향기

익어가는 겨울 속에
저 멀리 봄의 전령
꽃향기 길 따라
바람 타고 오시네

오늘이 절기상 우수
봄은 이렇게 조금씩 조금씩
우리 곁에 가까이 오신다

늘 그랬듯
정직하게 그 약속 지켜주는
대자연이 한없이 고맙다

꽃이 향기 품듯
나는 어떤 모습
어떤 향기를 내뿜으며 살아야 하나

사람 냄새 나는 그런 사람이고 싶다
따뜻한 사람으로 욕심 없이 살고 싶다
바보라도 좋으니 그리 살고 싶다

꽃이 향기 품듯
나도 사람 냄새 품은
그런 그리운 사람이고 싶다

나를 사랑하는 사람들에게
부끄럽지 않도록
내가 사랑하는 사람들
아파하지 않도록

꿈 키우기

뚜벅뚜벅 어제가 걸어와
오늘을 깨우는
평범한 일상의 오늘 하루가
더없이 고맙고 감사하다

싱그럽게 부는 바람은
고단한 하루를 달래주고

값없이 비춰주는 따스한 햇살은
오늘도 나의 하루를 광합성 해 준다

호흡하고 산다는 것
무언가 생각하며 느끼고 산다는 것
한없이 고맙고 감사한 것

반복되는 일상 속에
무심코 잊고 살아온
생명의 소중함 경이로움을 느낀다

하루하루 순간순간
다가오는 모든 것들이
그저 고맙고 고맙다

오늘도 지나고 나면
아득한 그리움
오지 않을 시간들

다가올 내일 두려워 말고
오늘 정직하게 땀 흘리며
힘차게 달려보자

내일 나는 더 큰 꿈 꾸리라
조금씩 커져 가는 나의 꿈
다치지 않게 건강하게 키워야지

글을 쓴다는 것

글을 쓴다는 것
마음을 그리는 것

대자연도 노래하고
희망도 행복도 그릴 수 있는
고맙고 감사한 일

표현할 수 있음은
그래서 행복하다

누군가에게
힘이 되고 위로가 되며
쓰러져 지친 영혼
일으켜 세울 수 있는
신비한 힘을 가진 마술 지팡이

그런 만큼 책임을 가지고
희망의 글 써야 하리라

그 누군가에게
희망과 생명의 끈 될 수 있으니
두려운 마음으로 낮은 자세로
잘 쓰는 글이 아닌
따뜻하고 희망 있는 그런 글을 쓰자

세상 모든 시름 아픔과 고통까지도
편히 쉬어갈 수 있도록
우리들 영혼의 목마름 함께 나누고
아름다운 세상
행복 함께 나누며 꿈꿀 수 있게

아침아

아침아
하루의 시작아
희망의 출발아

붉은 태양 떠오르고
동녘의 기운 솟아나면

거칠고 험한 하루일지라도
나 투정 않고 하루의 문 열어
너와 함께 행복 탑 쌓을 거야

다가오는 하루하루
하루의 시작이
어쩌면 이리도 설레일까

같은 하늘 아래
고운 태양 아래
꿈은 저마다의 모습으로
모락모락 피어오르고

오늘도 꿈 키우며
하루 농사 잘 지어가자

모자라면 모자란 만큼
넘치면 겸손하게
우리 감사하고 한결같이
그리 살자 그리 웃자

아침아
하루의 시작아
오늘도 우리 따뜻하게 행복하자

하늘 자전거

자전거 타고서
하늘을 씽씽 달립니다

교통경찰 없어도
무질서 없는
하늘의 도로는 평온합니다

이 자전거 타고
두 발의 온전한 힘으로 페달을 밟으며
지치면 뭉게구름 솜사탕 먹어도 보고
가끔은 바람이 들려주는
세상 얘기도 들으며

나의 기쁨 속에 감춰진 슬픔과 고뇌
잠시 내려놓고 잊어봅니다

세월이 짊어진
하이얀 슬픔의 속살이
가끔은 나를 마음 아프게 만들지만
하늘 자전거 타고 달리는
지금 이 순간은 행복합니다

정직하게 말없이 침묵으로 그 약속 지키는 자연
순간순간 자연은 또 다른 모습으로
꿈꾸게 해주고 행복하게 만드니

덧난 상처 감사의 새살로 아물고
시련 앞에 당당히 설 수 있는 내가 됩니다

나는
상상이 현실이 돼가는
그런 건강한 꿈을 꿉니다
행복한 내가 되기 위하여

행복은
꿈꾸는 바로 그 사람의 것입니다

겨울비

비가 옵니다
우수가 지난 겨울의 하늘이
봄맞이하려고 대청소하는가 봅니다

가지마다 청명하게
초롱초롱 매달린
귀여운 아기 빗방울
이쁘고 참 귀엽습니다

오는 이 비가
세상 더러운 모든 것
다 씻어주었음 좋겠습니다

계절이 바뀌는 길목은
언제나 아쉬움과 미련이
자꾸만 뒤돌아보게 합니다

알고 보면 그 무엇 하나
소중하지 않은 게 없음을
가슴으로 느끼며 배웁니다

겨울비 내리는 오늘은
빗속을 거닐며
내 마음도 깨끗이 씻을까 합니다

계절이 바뀌듯
내 마음도 꽃단장하고서
곱게 오시는
생명의 봄맞이하게 말입니다

어렵고 힘든 세상에 살고 있지만
그래도 꿈과 희망이 있기에
아름다운 세상입니다
눈물이 나도록 말입니다

살아가는 의미

꿈꾸고 계십니까
꿈을 잃고 있습니까
아님 꿈을 버리고 계신가요

똑같이 공평하게 주어진 하루 속에
우리는 저마다의 숙제를 합니다

열심히 하는 사람
중도에 포기하는 사람
게으름을 피우는 사람

결과도 정답도 우리들의 몫

환경을 탓하고
세상을 원망하지는 말아요
모두가 다 자신의 몫이니까요

우리는 아프기 위해서 태어난 게 아니랍니다
축복의 선물 누리며 행복하게
그렇게 감사하며 행복하라 태어났지요

파도가 치고
거친 바람이 부는 건
때리기 위함이 아닌
새롭게 하기 위함입니다

우리는 넘어지면서
아름다운 삶을 알아가고
또 스스로 일어서는 지혜로움을 배웁니다
소망과 행복 그곳에 있으니까요

바로 우리가 사는 의미이자 이유입니다
뽐내지 않아도 우리 모두는 소중한 존재입니다
세상 그 무엇도 대신할 수 없는
우리 모두는 그런 아름다운 보물입니다

마음의 봄

떠날 수 없을 때
떠날 수 있는 용기

참을 수 없을 때
참을 수 있는 인내

슬플 때
웃을 수 있는
그런 시린 가슴 안고 살자

눈물은 탁한 영혼 정화하는 필터
가끔은 뜨거운 눈물로
아픈 상처 씻어주자

바람 타고 저기 저 오시는 봄
희망의 꽃가루 내려주시면 좋겠다
향기 머금은 꽃비 되어...

오늘도 파이팅

뭉게구름 지나가는 겨울 하늘은
나에게 오늘도 힘찬 파이팅 보냅니다

늘 값없이 좋은 선물 이렇게 받으니
나는 참 행복한 사람입니다

가진 것 많지 않아도
저 푸른 하늘 고운 햇살
배부르게 먹을 수 있으니
꿈을 키우기엔 충분한 양식

나는 오늘도 꿈을 키우며
하루의 즐거운 노래가 되고
정직한 땀방울 주렁주렁 달아놓습니다

저 높고 푸른 하늘이
내 그림자 되어 보디가드 돼주니
더 이상 욕심은 내지 않으렵니다
내 속의 꿈과 희망에게 파이팅 보내며...
오늘따라 나의 하늘이 더 높고 푸르게 보입니다

특별한 우리

해와 달
하늘과 별
구름과 바람도
다 우주의 아들과 딸

그 모든 축복을
우리는 값없이 누리며
오늘을 산다

배부른 영혼은 내일이 없다
내일은 간절히 소망하는
그런 사람 위해 준비된 선물

우리는 선택받은 사람
그래서 우리는 특별하다

이 정도면 부자이지 아니한가
이만큼 행복하면 살만하지 아니한가

이보게들 봄맞이 가세

같은 하늘 아래
작은 땅덩어리 두 개로 갈라져
좌파 우파
진보 보수
두 갈래로 갈라져 사는 우리
이념이 달라 두 동강 나버린 허리는
삼팔선이라는 철조망으로 허리를 두르고
아픈 가시 되어 이렇게 우리를 찌르고 있는데
이보게들 우리 좀 더 지혜로워지세
우리는 같은 배에서 함께 자라온 같은 씨앗이라네
나라가 있어야 국민이 있고
국민이 있어야 나라가 있는 것
그만들 싸우시게나
모든 것 다 잃고 나서도 그렇게 키재기할 겐가
해와 달 별은 하나로 저렇게 있는데
어찌 둘로 나누려 하는 겐가
이제 이 겨울도 떠나려 하는데
우리 함께 봄맞이 가세
서로 손잡고 어깨동무하며 서로 양보하고 화합하세
조상의 피와 땀으로 일궈낸 이 아름다운 금수강산
우리 후손들에게 소중하게 물려줘야 되지 않겠는가
너와 내가 아닌 우리가 되어 우리 얼어붙은 동토의 땅
녹이고 녹여 따뜻한 땅 새싹들의 합창 들리게 봄맞이 가세
우리는 하나 한배에서 난 같은 씨앗
이보게들 함께 봄맞이 가세

꿈 풍선

하늘에 두둥실
꿈 풍선 띄운다

바람 따라 구름 따라
힘차게 떠올라
우리들 푸른 꿈
저 하늘 끝 솟대 만들자

아무도 따가지 못하게
누구도 상처 내지 않도록

꿈을 꾸는 사람은
살아있는 뛰는 심장 가진 사람
숨을 쉬어 살아있다 말할 수 없는 것

좀비처럼 영혼 없이 그렇게 살지 말자
내가 나의 주인 되어
끓는 피로 뜨겁게 살자

꿈 풍선
저 하늘 끝 솟대 되어
우리 꿈 지켜주는 수호신 되도록

봄을 기다리며

상고대 잔설이 바람 따라 떠나가고
저기 저만치 환한 미소 머금은
꽃바람 타고 오시는 전령이여

기다림이 길어 더 애틋한 님이여
그대 다치고 아플까 두려우니
조심해서 천천히 오소서

바다가 잠에서 깨어
파도를 일으키고
몽실몽실 하얀 구름
수줍은 새악시 햇살
곱게 보여주시는
봄은 그래서 생명의 놀이터

우리들 마음에도 그대 봄처럼
그렇게 따스한 생명의 힘 내려 주소서

여기저기 꽃잎 터져 꽃바람 타고 봄맞이 가도록
움츠린 희망 기지개 켜며 환하게 웃도록

돈

가치의 척도
우리가 만들고
우리는 돈 때문에
허덕이고 욕심내고
좌절하고 괴로워한다

어찌 보면 참 아이러니한 모순
분명 필요한 것임에는 틀림없지만
삶의 전부는 될 수 없는 것
집착하고 착각하지는 말자

꿈이 없는 사람은 희망이 없는 것
희망이 없으면 내일이 없고
내일이 없으면 우리에게 미래는 없다

이 세상 축복 받으며
소중하게 태어난 우리
가치 없이 살지는 말자

올바르게 쓰임 받고
즐겁고 값있게 사용될 수 있는
그런 우리 그런 돈이 되자

세상 그 무엇보다 더 소중한 우리

진정한 가치는 우리들의 행복한 삶에 있는 것
심장이 뛰고 있기에 우리는 따뜻하다
그 어떤 무엇으로도 대신할 수 없기에
우리는 가치 있고 소중한 보물이자 축복

우리의 생명줄 쥐고 있는 호흡
공기는 우리에게 돈을 달라 요구하지 않는다
어떤 게 더 가치 있고 소중한지 가슴으로 느끼며 살자

새로 오시는 3월

3월의 첫날
밤하늘의 아기별
반짝반짝 재롱부리며
3월을 열어줍니다

처음 마음으로
새로운 각오로
첫 출발하려 합니다

작은 것에서 큰 것을 찾고 볼 수 있는
그런 따스한 가슴과 맑은 두 눈을
아기별에게 부탁해 보렵니다

새벽이 잠들지 않음은
희망을 지피우고 새벽을 여는
이 땅의 숨은 꽃 피기 때문입니다

희망의 속살이
우리 모두의 가슴속에서
꿈틀꿈틀 요동치며
뜨겁게 달궈지길
3월의 하늘에 빌어 봅니다

자~~~~~
출발입니다

벌꿀

달콤함 속에 숨어 있는
꿀벌의 땀방울 삶의 날갯짓

벌꿀의 속살에는
꿀벌의 고된 삶이 녹아 있네
일벌의 숭고한 땀방울
그 짧은 생의 노래 담겨 있다네

수천수만 아니 그 이상의 날갯짓
꿀 한 방울 모으기 위한 투쟁의 하루하루
마음을 숙연하고 겸허하게 만든다

무심코 지나치는 일상의
그 모든 일들 위에는
우리가 알지 못하는
신성한 삶의 애환 고통과 땀이
고스란히 젖어 있고 녹아 있음을
우리는 가슴으로 느끼며 살아야 한다

벌꿀의 달콤함은
그래서 더 고맙고 미안하다

우리들 삶 또한 그러지 않겠는가

누군가의 수고로움이 우리들 살게 하듯
세상에는 그 무엇 하나 소중하지 않은 게 없음을
우리는 느끼며 살아야 한다
달콤한 아름다운 벌꿀처럼

내 속에 아픔이 찾아오거든

내 속에 아픔이 찾아오거든
기쁨과 함께 키우렵니다
내 속으로 난 아픈 자식이니
미워할 수 없음입니다

내 속에 아픔이 찾아오거든
슬픔과 함께 키우렵니다
같이 아파하고 슬퍼하며
참 기쁨 느끼는 지혜
올바르게 배울 수 있게 말입니다

내 속에 아픔이 찾아오거든
이제는 행복과 함께 키우렵니다
아픔과 기쁨 슬픔 속에서 곱게 피고 자란
행복의 환한 꽃 안아 보게 하고 싶습니다

살다 보면 좋은 날만 있겠는가
내 마음 퍼렇게 멍이 들어도
내가 아파하고 사랑할 수 있음은
아직도 내 피가 뜨겁기 때문입니다

가끔은 쓰러지고 아파하지만
살아있는 모든 생명에는
그들만의 삶의 향기와 노래가 있듯
아픔 또한 보듬으며 안고 살아야 할
아픈 손가락입니다

사진

가는 세월 멈추어 선
추억과 아득한 그리움 묻어 있는
네모난 멈춰 선 세월아

시간과 가는 세월 잡을 수 없지만
너는 그 모든 것 멈춰 놓는
시간과 세월 추억과 그리움
고스란히 담아 주고 그려 주는
시간과 세월의 마술사

머물러 멈춰 선 추억의 그리움
한 장 한 장 꺼내 놓으면
지치고 힘든 영혼 잠시 쉼을 얻어
그리운 추억여행 떠날 수 있지

지나간 나의 꿈 조각들
하나하나 퍼즐을 맞추고
사진 속 나에게 추억의 그리움에
달려가 본다

가끔
나는 보고픈 그리움 목마를 때
너에게 여행을 떠난다

오늘 그리고 소중한 존재

하루가 모여 내일이 되고
내일이 모여 미래가 되고
미래가 모여 그리운 추억으로 남는
오늘은 모든 것들의 출발점

어제 죽은 사람들이 그토록 간절히 원했던
그 내일을 오늘 우리는 이렇게 값없이 누린다

욕심은 먹어도 먹어도
배부르지 않고 끝이 없는 것

오늘의 선물 감사함으로
최고보다는 최선을 다하는
그런 우리가 되어 보자

꿈을 꾸는 것도 나
꿈을 버리고 지우는 것도 나
포기하든 이겨내든 그 몫 또한 나
나라는 존재는 시작과 마지막

저기 저 높이 떠 있고 미소 짓는
해와 달 빛나는 별도
모두 다 자기 가슴에 품을 수 있는
나는 그런 사람 소중한 존재

오늘은 축복받은 사람들의 것
나는 그 축복 누리는 소중한 사람
그 이유 하나로도 살만하지 아니한가
나는 소중한 사람 소중한 존재
욕심 내려놓고 소중한 나를 바라보자

행복은 그 속에서 미소 짓고 싹을 틔운다

그림자

나는 늘 나를 데리고 다닌다
늘 함께하지만 늘 외로운 나
허나,
늘 그림자 되어 동행해 주는 고마운
내 그림자

하늘의 별 달 구름은 보면서
소중한 나 왜 사랑하지 못했나

눈물이 흐른다
고마운 참 고마운 나에게

지금까지 여기까지 앞으로도
잘 견뎌주고 버텨 줄 나에게
그림자 나에게 한없는 고마움
어이 갚아야 하나

바람이 불면 바람을 타자
비가 오면 비를 맞아라
나 이겨내고 견딜 수 있으니
그림자 나 외롭게 말아야지

맑게 솟아나는 마음의 샘물샘에
나와 내 그림자 둘이서
변치 않는 우정 이어가리라

오늘도 내 그림자 가슴에 안고
나는 힘을 얻는다

고독

맞서지 말자
외로움이 익으면
네가 된다고 하지
울어라
아파해라
어둠 토해내어
나 초록 이슬 키우게

하늘 그리움

바쁜 하루가 고요히 잠자는 이 밤
눈 감고 조용히 지나간 하루 생각합니다

아침이슬 잠에서 깨어 노래하고
정직한 땀방울 참 이쁘게 산 오늘
푸르고 맑은 정직한 하루였습니다

실바람 맞으며 꿈을 토닥이고
하얀 구름 이쁜 미소는
내가 살아야 할 충분한 그런 이유를
나에게 선물해 주었습니다

아이처럼 순수하고 깨끗하진 못하지만
그래도 희망 닦으며 내가 가야 하는 길
정직하고 부끄럼 없이 그렇게 걷고 싶습니다

겨울바람이 봄바람 안아주는
정겹고 고마운 오늘이었습니다

이제 아기별 내 가슴에 들어오면
토닥토닥 자장가 들려주며
나도 하루 마치고 꿈나라 여행하려 합니다

꿈속에서 고우신 내 아빠 엄마
하늘 그리움 만나렵니다
목이 메어 가슴에 숨겨 둔
소중하고 귀한 나만의 노래입니다
내 심장 속에 인자한 미소로
나를 살게 하시는 맑은 호흡입니다

아기별 재워놓고
이제 하늘 그리움 안고 자야겠습니다

꽃샘추위 겨울아

겨울이 떠나기 싫어
괜히 심술을 부립니다

섭리에 따라가야 함을 알면서
응석 부리며 투정합니다

겨울나무 낙엽으로 덮어 주고
새들은 솜이불 구름으로
들꽃과 들풀 하얀 눈으로
대지의 가슴으로 다독이고 품어준 겨울아

서러워 말고 기쁜 마음으로 떠나렴
동트는 일출 해 지는 일몰의 가슴에
네 침묵의 마음 담아둘게

말없이 품어 주고 바위처럼 지켜준
사실은 봄, 여름, 가을, 겨울
4형제 중 네가 가장 뜨거운 가슴 지닌
엄마의 바다 아빠의 하늘이야

네가 품어준 생명의 봄이
희망의 씨앗 터트리면
너는 그 속에서 가을까지 쉬었다
넓은 가슴으로 두 팔 벌려 안아주거라

수고했다 겨울아
이제 이 추위 거두어
하늘과 땅 바다를 깨워
아름다운 세상 기쁘게 열어주거라

새로운 길

새로운 길
가지 않은 길
낯설은 길

길 따라
사람들의 애환과 노래가 실린다

아무도 가지 않은 길
그 길 위에 꿈과 희망 뿌려
지친 사람들 기쁨과 위로되면 좋겠다

길은 이어져 어디든 통하고
이 길 어쩌면 많은 사람 찾는
희망의 꽃길 될 거야

마음과 마음의 길도 이어져
바람 타고 다니는 희망의 향기도
가슴에서 새롭게 피어나
행복의 꽃 피우면 좋겠다

여행하는 바람도
잠시 이 길 위에
추억 만들며 그리움 새기고
이 길
그리워하면 참 좋겠다

떠나는 바람도 아쉬워
꽃향기 뿌려 주는
축복의 길 되거라

외로움

어찌 보면
인간만이 누릴 수 있는 호사

외로움을 느끼기엔
우리 삶이 허락하지 않는다

외로움을 달래주는 건
아름다운 추억과 지나간 그리움

하루 스케치

고된 삶의 일상에서
정직한 땀방울 나는 본다네

떠도는 바람조차
다 아픔 품고 사는 것

화려한 도시의 짙은 화장도
속살 들여다보면 어두운 그림자 녹아 있고
용광로 쇳물은 자신을 태우며
두꺼운 껍질을 벗어 새롭게 태어난다

하루하루 소망 하나씩 만들며
따스한 노래 부르며 살아가자

마르지 않는 샘물이 되자
가는 이 오는 이 갈증 달래며 쉬어갈 수 있게

새롭게 태어난다는 것
시련의 아픔과 상처를 품는 것

도도하게 흐르는 세월과 시간 속에
하루는 이렇게 스케치 된다
오늘이 녹아 있는 하루가 감사하다

더하기

하나에 하나를 더하면
둘이 되어야 하는데
자꾸만 하나가 됩니다

우리가 살아가는
이 세상에서는
둘이 정답인데
나는 자꾸만 오답을 씁니다

품을 수 있다면
용서할 수 있다면
그렇게 품고 용서하며 살고 싶습니다

이 가슴 열어서 보여줄 수 없음이
가끔은 마음을 먹먹하게 합니다

둘을 더하든 셋을 더하든
나의 더하기는
자꾸만 하나가 됩니다

하나가 되고 싶습니다
하나로 살고 싶습니다
혼자라도 그렇게 하나로 살고 싶습니다

겨울도 이제 떠날 채비하는데
아직 나는 겨울에 머물러 있습니다

이제는
간절히 봄을 기다리는
내가 저 앞에 가고 있습니다

하나가 된다는 것
외롭지만 아름답습니다
누군가는 해야 하기 때문입니다

냉이

한겨울 모진 바람
잘 이겨내고
곱고 씩씩하게 자라준
봄소식 안고 온 냉이야

깊이 뿌리내린 생명의 내음
깊고도 깊구나

너의 향기 입맛을 돋우고
진한 봄의 향기
겨울 잠재우고 나왔구나

곧게 뻗은 뿌리
납작 엎드려 햇살 온몸으로 받아낸
너의 붉은 이파리
겨울을 이겨낸 붉은 전사

질기고 모진 너의 그 강인한 생명력
너를 배우고 싶다

국으로 무침으로
봄 내음 전해주고 봄소식 전하는

우리들 지친 마음
허기까지 채워주는

만백성의 친구
봄의 노래야
봄을 품은 냉이야

풀씨

바람 타고 날아와
바람이 전해주는
희망 노래 들으며

이름 모를 어느 자그만 낮은 곳
하늘이 허락한 그곳에

세상 여행 마치고
대지의 품에 안기는
나는 작은 풀씨

화려하진 않지만
같은 하늘 아래
아름다운 사랑의 정원에서

나는 같은 꿈을 꾸고 사는
하늘과 땅의 소중한 자식

풀씨여서 행복하다
욕심 없이 살 수 있어서

해와 달과 별을 노래하며
풀꽃지기로 낮은 곳 살피며
감사하는 마음
단 하나라도 가질 수 있다면
나는 행복한 풀씨

아침 이슬이 반겨주고 사랑하는
생명의 세레나데 희망의 노래

절벽

더 이상 갈 곳 없는
천 길 낭떠러지

절박함이 종착역 다다르면
우리들 가슴에는 무엇이 남아 있을까

아쉬움과 후회와 절망일까
아님 삶의 강한 애착일까

가보지 않으면 알 수 없는
서슬 퍼런 절벽

그곳에 도도하게 뿌리내린 바위산아
위태로운 그곳에
칼바람 자장가 들으며
들풀과 들꽃 품은 너

그 척박함에도
생명의 온기와 노래를 품은
차갑지만 따스한 너를
내 가슴에 품고 싶다

내가 너를 위로하고
네가 나를 보듬는

우리 벗이 되자
우리 이웃이 되자

대화

주거니 받거니
함께 나누고
서로 격려하고
서로 위로하며
격려 받고
위로 받고
내일의 꿈과 희망을
가슴에 담는 것
술은 입으로 마시며 취하고
대화는 입으로 말해 가슴을 적시는 것
희망이 있고 함께 격려하는 대화는
우리가 사는 사회 밝게 만들고
세상을 따뜻하게 덮는다

행복 성장기

흘러가는 시간과 세월
많고 많은 수많은 시간이지만

살면서 가슴으로 우는 눈물의 노래
나도 모르게 하얀 구름이 되어
허공을 떠돌고 시간과 세월을 가른다

살다 보면 많은 일들이 쌓이고 무너지고
또다시 그리움과 행복의 탑을 쌓는
넘어지고 깨지고 상처 입어도
포기 않고 일어서는 행복의 아기를 낳는다

내 가슴이 뜨거운 건
아마도 눈물샘 마르지 않았기에
더러워진 영혼의 아픈 상처
씻음 받아 아직 뜨거운 것이리라

아프지 말아라
슬피 울지 말아라
세월은 너를 잊지 않으니
스스로를 위로하며
가슴을 씻고 마음을 닦자
아침은 새벽이 낳은 자식

한 걸음 한 걸음 삶의 발자국
상처 입고 아플지라도
나는 온전히 품고 사랑할 거야

뜨거운 희망의 시련과 용트림
행복을 낳기 위한 삶의 진통
행복은 그렇게 자란다

오늘도 태양은 뜬다
오늘도 행복은 자란다
내일의 행복이 익는다

해바라기 누나야

누나야
누나야
해바라기 누나야

늘 오빠 동생들 바라보는
해처럼 따사로운 해바라기 누나야

모진 세월 모진 풍파 온몸으로 견뎌낸
그 작은 몸으로 속으로 속으로
혼자서 삭이며 아픔 삼키고
가슴의 멍 꽃이 되었네

이제는 아파 말고 행복해야 돼
이 못난 동생 누나는 나의 아픈 손가락
가슴의 멍 꽃
저 하늘 별님이 품어서
행복의 꽃 이불 덮어줄 거야

피로 맺은 천륜의 정
누나야
누나야
따스한 그 사랑 잊지 않으마

부디 아프지 말고 이고 진 그 짐
이제는 내려놓고 행복해야 해

이제는 내가 착한 누나 바라보는 해바라기 돼줄게
꿈속에라도 울누나 사뿐사뿐 편히 걷게 신발이라도
돼주고 싶네

늘 그리운 누나야
늘 보고픈 누나야
천사 같은 해바라기 누나야

햇살 좋은 날

햇살 좋은 날
겨울 동안 눅눅해진
희망 툭툭 털어

봄볕에
뽀송뽀송 말리고 싶다

뾰족뾰족 아기 새싹
땅속이 비좁다고
쑥쑥 고개를 내밀고

침묵의 나무들은
기지개 켜며
가지마다 초록의 희망
주렁주렁 달아놓고

모락모락 아지랑이
버들강아지 데려와
봄맞이 한창이다

봄은 이렇게
우리들을 설레게 하고

골고루 새 희망을 나눠 주는
오늘은 햇살 좋은 날
우리들 배불리 꿈을 먹는 날

눈물이 없다 하여 아파하지 않는 건 아니다

내가 알지 못하는
부끄러운 날 쌓이고 쌓이면
떳떳하게 푸른 하늘
마음껏 올려다볼 수 있을까

문득문득 뒤돌아보는 내가
가끔은 가엾다
연민이 있었던가
아님 미련이 남아서일까

내 영혼에
맑은 꽃 심어 놓고
지친 마음 달래며 씻겨줘야지

부질없는 기대와
상상은 하지 말자
아픔이 커져 상처 될 수 있으니

눈물이 말라 거북등처럼
쩍쩍 갈라진 메마른 가슴을 안고
흐르지 않는 눈물을 흘린다

눈물이 없다 하여 아파하지 않는 건 아니다
눈물이 없다 하여 슬피 울지 않는 건 아니다

나눔

함께 나눈다는 것
기분 좋은 일
따뜻한 교감
가슴 뿌듯한 일

주어서 기쁘고
받아서 즐겁고
서로를 더 깊이 느끼며
우리 사회 건강해지는 것

나눌수록 더 커지는 정
세상 그 어떤 꽃보다
아름답고 향기로운 꽃

영원히 시들지 않으며
마음과 마음으로 전해져
우리들 후손까지 행복하게 만드는

나눔은 그래서 순결하다
나눔은 순결해서 소중하다
나눔은 소중해서 아름답다

그대여
나눔을 가슴에 품고 사는가
그 달콤한 보람과
따스한 행복을 맛보아라

어리석은 자는 나눔을 동정이라 생각한다
착각하지 말자
나눔은 위선과는 다르다는 걸

연애편지

가끔은
내가 나에게 편지를 쓰자
수신인과 수취인이 같은 연애편지

수고했다고
고맙다고
사랑한다고

하루를 무탈하게 살아줘서 수고했고
하루를 잘 견뎌줘서 고맙고
하루를 감사히 잘 안아줘서
정말 정말 사랑한다고

이 아름다운 세상

눈이 부시게 푸르른
다시는 못 올 오늘

지금의 하루를
편지에 담아 기억해야지
먼 훗날
정말 힘들고 지칠 때 꺼내 보게

자존감

나는 나에 대하여
얼마나 알고 있는가

나는 나를
얼마나 믿고 신뢰하는가

자신의 존재
자신의 가능성

어떠한 상황에서도
그 무엇으로도 대신할 수 없는
나를 소중히 아끼고 사랑하자

모든 건 나로부터 출발하고
자존감은 자신을 믿고 신뢰할 때
비로소 지켜지는 것

희망의 씨앗은 그곳에서 싹튼다

나를 꽃피우기 위한 시련의 바람은
참다운 나로 돌아가게 만드는 참 스승
내가 스스로 일어서야 하는 이유이다

개나리

막 꽃잎 틔운
노랑 개나리
달님처럼 곱고 착하다

봄을 품고 삐약삐약
노래가 즐겁다
왜 저리 이쁘고 고울까

살랑이는 봄바람이
간지럼 태우면
노란 꽃 이리저리
봄 내음 날린다

봄이 물들어간다
봄이 자꾸만 살찐다

피에로

먹구름 속에서
우는 천둥의 소리

가려진 슬픔의
젖은 웃음이

오늘따라
가엾게
가엾게
마음 아프다

햇살 한 줌의 행복
꿈꾸고 꿈꾸는
속으로
속으로 우는

나는
어릿광대 피에로
보따리 웃음장수

중국에 묻는다

자칭 대국이라 말하는 그대여
사드 보복으로 경제보복
재미 톡톡히 보시더니

황사도 모자라
이제는 미세먼지에 초미세먼지까지
골고루 대국답게 넘치게 보내주시니
역시 그대들은 대국답구려

공자와 맹자가 살았던 그곳에
자국의 이익만 추구하고
이제는 졸렬함과 새가슴만 남았으니
그대들의 가슴
바다같이 넓다고 말하지 마시오

대국은 포용과 관용과 배려가 있어야 함을
부디 아시길 바라오

세상은 혼자서는 살 수 없는 것
이웃 나라와 더불어 함께 살아야 함을
어찌 모르신단 말이오

주변의 여러 이웃나라
힘으로 굴복시키려 마시고
함께 공존하며 존중하는
정말로 대국다운 면모를 보이시길 바라오

부디 졸부가 되지 마시고
황하의 넓고 깊음을 배우시길 바라오

나와 하루

내가 하루를 맞는다
하루가 나를 품는다
우리는 늘 함께 동행하는
참 좋은 벗

오늘도 후회 없이 살아보자
오늘도 기쁘게 감사하며 살자

웃으며 행복하게 살기도 모자란 시간
하루야 나와 함께 오늘도 행복하자

가끔은

가끔은 그런 생각해 봅니다
아이가 어른처럼
어른이 아이같이
서로 정신을 바꾸어 살아 보면
어떤 세상이 그려질까

몸과 마음이 틀리면
어떤 일들이 벌어질까요?

아이의 몸은 어른처럼 행동하고
어른의 마음은 아이처럼 생각할 테니
신기한 일들이 많이 벌어지겠죠?

아이는 고통과 시련 참는 법 배우고
어른은 성냄과 나쁜 마음 아이처럼 가질 테니
가끔은 그렇게 사는 것도 괜찮을 듯합니다

우리 사는 세상 더불어 같이 함께하는 세상
좀 더 밝고 맑고 아름다웠음 좋겠습니다
엉뚱한 생각이지만 그런 상상만 해도
조금은 위로를 받습니다

좋은 상상 건강한 상상
그런 상상 많이 하여
우리 사는 세상 좀 이쁘고 고왔음 좋겠습니다
희망이 아파하고 시들지 않게 말입니다

하늘이 뻥 뚫려 있어 다행입니다

그러자 그렇게 하자

마음을 표현할 수 있어 좋다
글을 쓴다는 게 참 고맙고 행복하다
가난한 마음으로 늘 허기진 내가 난 좋다
안을 수 있다면 품을 수 있다면 그러고 싶다
어차피 정답은 없지 않은가
인간이 정해 놓은 약속일뿐…
눈치 보면서 사팔뜨기는 되지 말아야지
나에게 정직하자
비굴하게 내 영혼 헐값에 팔지는 말자
울 땐 엉엉 가슴이 터져라 울고
웃을 땐 목젖이 보일 만큼
배꼽이 떨어질 만큼 웃으며 살자
그런 내가 돼야지
그런 우리가 되자

기다리는 마음

잠시 머물다 가는 우리는 나그네
집착과 욕심 물처럼 흘러가는 것
내 것이 아님을 착각은 하지 말자

천년의 나무는
기다림의 깊은 뿌리가
상처 입고 아파가며
성장의 키를 키운 것

우리가 심고
열매는 만나지 않은
우리들의 후손들이 거두는 것

집착과 욕심 거둘 때
한 뼘씩 두 뼘씩 자라는
꿈은 기다림 속에서
아프면서 자란다

하늘 보기

지치고 힘들 땐 하늘을 본다
하얀 뭉게구름 떠도는 바람은
저렇게 자유롭게 여행하고

한없이 퍼주는
푸른 하늘 바다는
아무나 마음껏 뛰놀 수 있는
무료 놀이터 힐링 캠핑장

하늘 한번 쳐다볼 수 있는
그런 내가 나에게 고맙다

저 하늘엔
그 어떤 아픔과 시련도
다 품을 수 있는
따스한 넉넉함 있으니
높고 푸른 하늘이 나는 좋다

별도 살고 달도 살고
해와 사람들 꿈들이 살아도
늘 미소 지으며 안아주는
비좁지 않은 넉넉한 그런 하늘을
나는 짝사랑하는가 보다

하늘은
꿈을 키우고
지치고 쓰러진 마음 치료해 주며
희망과 기쁨 덤으로 주는
마음이 가난한 영혼의 따스한 둥지

오늘도 하늘을 보며 꿈을 마신다
엄마의 사랑을 느낀다
하늘 냄새가 참 좋다

엄마

엄마
저예요
둘째 아들

하늘나라 그곳에
아빠와 편히 잘 계시죠?

무에 그리 급하셔서
우리 6남매 남겨 두시고
급행열차 타셨나요

그리운 추억이라도 남기시고 가시지...

마음에 텅 빈 가슴만
휑하니 스산한 바람이 붑니다

겨울이 지나고
제법 봄이 살이 오르는 요즘입니다
전 하늘이 좋아요
하늘 그리움 되신
나의 사랑하는 아빠 엄마
제 고향이 사시는 그곳이니까요

이담에 다시 만나면
정말 그때는
우리 헤어지는 아픔 만들지 마시고
우리 함께 행복하게 살아요

그때는 이 못난 자식
못다 한 효도하며 살고픕니다

사랑합니다
사랑합니다
하늘만큼 땅만큼

허기

늘 무언가 애타게 찾는다
좀 더 나다운 나
비틀비틀 어지러운 세상
공허한 환상을 꿈꾸며
차라리 취하고 싶다
채워도 채워도
영혼의 허기는 채워지지 않는 것
버리고 내려놓으면 끝인 줄 알았는데
알 수 없는 허기는
오늘도 나를 목마르게 한다
오늘도 나를 배고프게 만든다

마음의 시

마음을 옮기는 시는 어떤 시일까
울림이 있고 따스함이 있고
뜨거운 눈물과 진실된 사랑이 있는

고통조차도 순결한 희망으로 피워내는
넓고 푸른 바다의 시
높고 푸르른 하늘의 시
인자하고 고요한 생명을 품은 대지의 시

희망의 꽃 한 송이 바람에 날려
희망의 꽃비 내려주는
그런 마음의 시를 찾는다

미움과 분노를 토해내고
고요와 평화가 마음에 들어오면
떠돌며 방황하던 시어들 나를 찾아와 줄까?

별을 헤아리는 마음으로
두 손 벌려 가슴 열어 빗장을 푼다
이슬 되어 내 가슴에 스며들게

미워하기엔 너무나 아름다운 세상

아파보니 알겠더라
내가 얼마나 축복받으며 살았는지
채우려 한 욕심 내려놓으라 잠시 휴식 준 것을

시련의 바람 맞아보니
일상의 하루하루 얼마나 감사해야 하는지 알겠더라
무심코 지나친 평범한 모든 것들이
사실은 평범이 아닌 아름다운 귀한 선물인 것을

미워하기엔 너무나 아름다운 세상

지지고 볶고 싸우고 부대끼며 치열하게 살아가는
하루하루 순간순간이
내가 살아있기에 느낄 수 있는 축복이지 아니한가
머리가 아닌 가슴으로 느끼니 한없이 고맙다

화려하진 않지만 침묵으로 말하는
겸손한 자연이 나는 참 좋다
아름다운 일들 소중한 사랑은
가장 낮은 곳에서 핀다는 걸
시련의 비 맞으며 배운다

비와 바람은 우리에게 생명과 희망을 주는 것

우리도 비와 바람처럼 그런 사람이 되자
미워할 수 없는 이 아름다운 세상
창문으로 들어오는 햇살 한 줌도
더러워진 내 영혼 씻어주는 고마운 귀한 손님
이 하루가 고맙고 감사하다

봄이 내린다

봄비가 온다
봄이 내린다

청아한 빗소리 되어
봄이 내린다

봄을 맞으며
흠뻑 취하고 싶다
봄이 떠나 그리우면
가슴에서 꺼내 보게

감사의 씨앗

배고프다 생각하고
부족하다 생각하면
배고프고 부족하지

순간순간 살아가며
감사한 맘 키운다면
참 소중한 하루, 오늘

부족한 나를
말없이 따스하게 품어 줄
오늘 하루가
내 속의 감사의 씨앗
이쁘게 키워 준다

오늘도 최선을 다하자
하루와 새끼손가락 걸어 본다

감사의 씨앗
열심히 키워야지

지나고 나면

짓밟히고 찢겨진
상처 난 그곳에서도
새싹은 피어나고
희망은 자라더이다

계절이 순환하듯
꽃이 피고 꽃이 지고
햇살은 공평하게
따스한 미소 내어주고

하늘과 땅은
온전히 우리들의 투정
가슴 가득 안아주신다

작은 것이 큰 것이고
상처는
우리들이 보듬어야 할
아프고 가여운 그림자

지치고 힘든 오늘도
지나고 이겨내면
그리운 추억들

잠들지 않는
희망을 가슴에 품고 살자

다 흘러가더라

바람도 아프면
눈물을 흘리더라

바다도 슬프면
퍼렇게 아파하더라

어느 날 갑자기
천둥 치고 소낙비 내려도

꽃이 피지 않는다 말하지 말라
하늘이 취해 비틀거려도

해와 달은
구름과 별님은 대지를 안고

자기 품으로
뜨거운 가슴으로
살아있는 모든 생명 온전히 품는다

세상 모든 일
못 견딜 것 같지만
그래도
그래도
다 견디며 흘러가더라

약속

산에는 나무가 있고
나무는 산에서 살아야 한다

물은 흘러야 하고
바다는 세상의 모든 물
따뜻하게 품어야 하는 것

하늘과 땅과 바다는
서로를 마주 보며 격려하고

하루는
오늘을 품에 안고
희망을 먹여 준다

순간순간 매일매일
지켜지는 이 약속이
나를 위해 준비해 놓은
고귀한 선물

이 모든 값없이 주어지는 선물이
나의 양심 병들지 않게 다독이고
나는 살면서 그 받음
돌려주며 살아야 하는 것

내 삶과
내 양심과의
보이지 않는 고귀한 약속

정중한 사양

선물이요
선물이요
당신을 찾아온
기적의 선물입니다

그 기적의 선물 찾아와도
나는 받지 않겠습니다

행운처럼 찾아온 기적은
진실되게 흘리는 나의 땀
소리 없이 눈물짓게
만들기 때문입니다

바다와 섬

바다에 섬이 산다
섬을 품고 사는 바다
섬은 또 사람을 품고 토닥인다

섬과 바다
사람과 파도와 갈매기

가까운 이웃 되어
도란도란 정을 나누며
그곳에 사랑과
가난하지 않은 꿈이 자란다

정직한 만큼 희망을 내어주는
바다는 그래서 희망차다
섬은 그래서 행복하다
사람은 바다와 섬의 품속에 안긴다

가끔은
파도가 들려주는
바람의 노래가 그립다

삶의 상념들 하나둘 지워가며
낮은 마음으로 하루를 달려도
모래알 같은 배움은
나의 이기심도 굴복시키고

바람이 전해주는
가시나무새 전설을 들으며
지치고 차가워진 마음 쉼을 얻는

나는
바다도 되고
섬도 된다
파도의 포말 속
그리운 사랑과 추억처럼

입맛

하늘 높이 떠올라
하늘 낮게 떨어지는
그런 꿈일지라도

모두 다 소중하고
아름다운 꿈

누가 귀하고
누가 천한 것인가

구차한 변명보다
때로는 말 없는 침묵이 숭고하다

살면서
살아가면서
정답을 찾는 것도
쏠쏠한 재미

지져 먹든
볶아 먹든
비벼 먹든
말아 먹든
각자의 입맛

맛없다 투정 말고
주어진 소박한 밥상
고맙게 감사히 받자
꿈도 마찬가지

배부른 사람은 꿈을 꾸지 못한다

가득 채움이 있으면
갈망이 없는 것
여백의 비움으로 살자

부족한 듯 모자란 삶일지라도
내일이 허락됨을 감사하자

간절한 소망은
배부른 사람에겐 보이지 않는 것

우리가 꿈을 꾸고 소망하듯
꿈도 꿈꾸는 이 찾아다니며
면접 보고 시험하며 우리를 선택한다

갈급함 없는
배부른 사람은 꿈을 꾸지 못한다

도시의 하늘

삭막한 도시에도
똑같은 햇살, 바람 불어주니

따사로운 햇살
시원한 바람
통장이라도 있으면
저축하고 싶어라

모진 생명
아스팔트 보도블록 사이에도
민들레 제비꽃 고개를 내밀고

삶은 이겨내고 극복해야
더 소중하고 아름답단 걸
온몸으로 가르쳐준다

이렇게 가슴 시리게 아름다운 삶

불평하지 말자
변명하지 말자

도시의 하늘도 푸르다
인간의 욕심이 안개로 덮었을 뿐

새들이 마음껏 노래하고
나무와 꽃들이 환하게 미소 짓는
건강한 도시의 하늘을 꿈꿔 본다

낮은 마음으로 바라보는 세상은
아직도 살맛 나는 아름다운 세상

추억 쌓기

하루가 저무는 석양 아래
하이얀 목련 위로 달빛이 떨어진다

바람은 어디로 와서 어디로 가는가
꿈을 농사짓고 집으로 가는 길은
젖은 땀 내음이 어깨를 토닥이고

토끼 같은 자식들
여우 같은 아내의
따스한 미소 떠올리며
하루의 시름을 달랜다

단조로운 일상의 생활들이
어쩌면 잊지 못할 그리움 되겠지

뒤돌아보면
왜 이리 가슴 시린 추억들이 쌓이나
하나둘 켜지는
가로등이 정겹다

페어플레이

그대여
꿈이 있는가
꿈을 꾸고
꿈을 잉태하고
꿈을 낳고
꿈을 키우고
꿈을 이뤄라
반칙과 변칙
아부와 아첨은 통하지 않는다
오직 정직한 땀만이
그 대가를 지불받는다
어둠의 자식들은
꿈을 꾸지 못하는 것
왜?
살면서 스스로 찾아라
꿈꾸는 게 얼마나 축복인가를…
삶의 페어플레이
모두에게 행복한 꿈 비가 내리길

동그라미

동그란 동그라미
동글동글 모나지 않게

동그랗게 살라 하는 듯
동그란 미소 짓는다

해님처럼
달님처럼
환한 미소 지으며

흐르며
흐르며
스마일
스마일

굴곡진 삶
많기야 하겠지만

용기 잃지 않고
미소 고이 품어
동그랗게 동그랗게

투명한 유리알
마음의 보석 상자
만들어 보자

철학자

우리 모두는 철학자
태어나 다가오는
수많은 일들

영혼의 보릿고개
넘고 넘어서

세상을 배운다
삶을 느낀다

자격증 없어도
철학을 설파하는
삶의 노래

삶은 언제나
위대한 화두

봄비

어디서 오시는 임일까
참 곱게도 오신다

겨울의 두터운 외투 벗겨
봄의 씨앗에 축복 주시는
그대는 정녕 반가운 손님

수줍은 듯 오셔서
살며시 희망 먹여 주시고

동면에서 깨어난 대지는
임의 숨결 속에서
벌써 풍성한 가을을 꿈꾼다

청소

꽃 한 송이
바람 타고 날아오면
희망도 함께 실려 올까?

꽃의 웃음 보며
희망의 미소 그려 본다

순수한 처음 마음
혹여
길 잃어 방황하지 않는지
애타는 마음
조심스레 마음을 청소한다

고통은, 시련은
먼지처럼 털어내고
깨끗한 마음 위에
구김 없는 희망
하얗게 펼쳐 놔야지

떨어진 꽃잎도 향기는 있다

아쉬움
미련
훌훌 털어내고
처음부터 다시 시작이다

파도타기

우리는
말없이 왔다가
소리 없이 사라지는 이방인인가

아님
축복된 삶에 초대된
선택받은 주인공인가

그 갈림길에서
가끔은 혼돈의 방황을 한다

등이 휘고
점점 작아지는 넓은 어깨

시간과 세월은 나를 주눅 들게 만들고
나는
소리 없는 눈물을 가슴으로 흘린다

아빠와
남편과
가장의
주어지는 책임과 임무를 지니고
나는
살아야 하는 의미와 이유를 가슴에 새긴다

똑같지 않은 자기만의 꿈과 희망
한쪽 날개 부러져 상처 입어도
기어서라도 날아야 한다

가슴을 열어 보여줄 수 있는 상처는
아픔이 아니겠지
분명 웃고 있는데 눈물이 난다

바다를 데려와 파도를 탄다

하늘의 등대지기 별빛 따라
나는 오늘도 거친 칼바람 맞으며
파도를 탄다
수평선 넘어 엘도라도 찾아서

오늘이 허락되고
내일이 다가와 품어줌이 감사하다

쉼

많고 많은 사람
수많은 별들아
아픈 내 마음
한 번쯤
안아줄 수 없나요?
가끔은
아주 가끔은
나도
위로받고 싶어요

감사는 나의 멘토

노을 진 언덕
붉은 석양 아래

열심히 일한
정직한 땀방울
집으로 돌아가고

다시금
나로 돌아오는
성스런 이 밤이

가장 순결하고
따뜻하기만 하다

하루는
이렇게 문을 닫고

똑같이 공평하게 주어진
오늘 하루가 한없이 고맙다

더 이상 욕심은 나에겐 사치

그저 오늘 같은 내일이 찾아오면
나는
마중 나가 반갑게 맞으리

늘 변함없이 한결같이

바람에 실려 오는
봄의 향기와 노래가
눈부시게 아름다운 오늘입니다

어제와 같지 않은 오늘은
그래서 더 새롭고 반갑습니다

하루하루 매일매일
조금씩 변해가며 커가는

삶은
시간은
계절은
돌보는 이 하나 없는데
투정 없이 자라납니다

무엇이 우리를 꿈을 꾸게 할까요

과거의 뿌리
현재의 잎과 줄기
미래의 열매를
한꺼번에 품고 있는
소중한 우리입니다

생활이 우리를 속여도
우리들의 피와 살은
오늘도
내일도
말없이 우리 영혼
따스하게 품어줍니다

바람에 실려 온
삶의 한결같은 속삭임이
가슴 시리게 고맙습니다

등불

깊고 깊은 어두운 밤
실비 타고 내려온 별 하나
상처 입은 사람들 앞을 밝힌다

어렵고 힘든 세상
의지할 곳 없을 때
쉬어가거라
편히 쉬어라

나
그대 위해 불 밝힐 수 있다면
아낌없이 타리라
등불이 될 거야
혼불이 되리라

봄의 소묘

바람에
꽃비가 춤을 추며 내린다

아이들의 재잘거림
부모의 희망
미소 짓게 만든다

봄의 따스한 축복은
여기저기
진달래 개나리 하얀 목련의
하늘 밥 돼주고

함께 나누는
이 값없는 따스한 사랑비
봄의 인자한 미소

함께 나누는 온기와 사랑은
그래서 더 아름답고 따스한 것

사소하지만 아름다운
이 누리는 모든 것 위에
축복 있으라

도시의 온기에
하늘빛이 익어간다

그 모습 이대로

부는 바람
맑은 공기
한 줌의 햇살
소소한 평범한
일상의 일들

하얀 구름
추억 따라 흐르고
그리움 되어
내 가슴에 안긴다

변함없는
들꽃 향기 품은
그런 사람으로
소박하게 살고 싶다

지나고 돌아보면
다 아쉬운 그리운 그리움

풀 한 포기 꽃잎 하나
소중히 여기며
더불어 함께하는
그런 삶 배우고 느끼며

내 부모님
사랑으로 만들어 주신
그 모습 이대로
그렇게 살고 싶다

봄의 축제

푸르른 신록의 봄
잠자던 오감을 깨우고

춤추는 하늘은
나비와 꽃 불러 모아
봄의 축제를 연다

바람이 오고 가고
구름이 가고 오고

새싹과 온갖 꽃들
온몸으로 춤추고 노래하는
하루가 짧기만 하다

떠나면
또 아쉽고 그리워질 봄

안녕이라 말하기 전
두 눈과 가슴에
넉넉하게 채우려 한다

그리움도 사랑도
잡아둘 수 없기에
아름다운 기억들만
꽃비에 숨겨
마음의 보석 상자 꼬오옥 잠근다

이슬

새벽이슬
푸르른 잎새 위에

작고 여린 꿈
살며시 앉으면

그 꿈 아프지 않고
이쁘게 그 잎새 위 스며들어

햇살 푸르게 받으며
구김 없고 때묻지 않게
하늘 높이 쑥쑥 컸으면 좋겠네

돌보는 이 하나 없는데
너는 참 맑게도 웃는다

순응하며 사는 네가 한없이 곱다
짧은 너의 생애 서럽도록 이쁘다

샘물

퍼내도 퍼내도
마르지 않는 샘물이 있습니다

주어도 주어도
샘솟는 샘물이 있습니다

함께 나누는 따스한 온기와 정
값없이 나누는 사랑은
영원히 마르지 않는 샘물입니다

아끼면 메말라 불모의 땅 되지만
나누면 나눌수록 커지는
샘솟는 사랑입니다

누구나 마음만 있다면 나눌 수 있는
우리들 가슴속에 솟아나는 샘물입니다

가치로 따질 수 없는 것은
알고 보면 우리가 갖고 있는 마음입니다

사랑과 희망은 그곳에서 피어납니다

바램

가끔은 바람이 되고 싶다
거침없는 바람 되어
씽씽 달리고 싶다
막힌 가슴 터지지 않도록

가끔은 꽃이 되고 싶다
어여쁜 꽃이 되어
미소 잃은 사람들
환한 미소 찾아주고 용기 주게

가끔은 그늘이 되고 싶다
삶의 고단한 여정
내 그늘 밑에서 쉼 하며 다시 일어서게

가끔은 구름이 되고 싶다
쩍쩍 갈라진 메마른 마음들
구름 속 단비 되어
목마른 마음 촉촉하게 덮어주게

가끔은 마음의 별이 되고 싶다
갈 곳 잃은 어두운 마음들 아파하지 않고
희망의 길로 안내하는 빛이 돼주게

큰 게 아니어도 좋다
화려하지 않아도 좋다

소중한 우리들
따뜻한 마음 뜨거운 가슴으로
세상 아름답게 보며 꿈꾸며 살 수 있다면

삶의 의미

깊이를 알 수 없는
저 깊고 깊은 바다보다
더 깊고 뜨거운 우리들 가슴

그 가슴에
촛불 하나 켜 놓고
이 세상 아픈 것 위하여
두 손 모아 기도드린다

아파하는 사람들
눈물 씻어주고
꽃처럼 아름답게
피어날 수 있도록

운명과 숙명
열매 맺기 위한 가슴앓이

오롯이 견뎌낸 사람만이
삶의 의미를 말할 수 있다

별

하늘에서도 빛나고
마음속에도 내려와
희망과 용기
불씨 살려주는
귀엽고 깜찍한 불쏘시개
그런 착한 별이 되자

행복 향기

꽃처럼
행복도 향기가 있네

행복한 향기
아프고 지친 마음
토닥토닥 토닥여 주면
참 좋겠네

아이가 어른이 돼가며
점점 작아지는 꿈

행복 향기 맡으며
커가는 꿈과 미래 되어
행복 웃음
멀리멀리 퍼져 날아라

시간이 흐르면
계절이 바뀌듯
아픔과 시련
많이 찾아와도

아파하고 견뎌냈기에
행복 향기
더 아름답고 향기로운 것

낮아지는 향기로
익어가며 살자
먼저 품어 주는 향기가 되자

순리

창문 사이로
바람이 흔들리면

틈새 비집고
쓰라린 아픔이

자꾸만 나의 꿈
툭툭 건들며 시험을 한다

토해낼 수 없는 상처
아픔이거든 가슴으로 품어라

어둠은 새벽을 이기지 못하는 법
어둠이 까만 건 잊으라 하는 것

지우고 잊으며
그렇게 그렇게 흐르며 살자

내 삶에 꽃피는 봄이 오면
희망가 부르며 행복을 노래하리라
밀려오는 어둠아 안녕

가슴으로 우는 가슴새

아쉬운 이 봄
꽃비 되어 떠나면

그리울 거야
보고플 거야

바닥에 딩구는
하얀 목련이 애닳다

바람을 거스르지 말자
꽃이 떠나야
열매가 찾아오는 것

아쉽거나 서럽다
뒤돌아보지 말지니

스쳐 지나가는 작은 인연도
가볍게 여기지 말며
주어진 삶 불평하지 말자

너무 아픈 사람은
마음으로 운다
너무 슬픈 사람은
가슴으로 운다

아프고 아파서 새가 되어 운다
가슴에 사는 새는 숨어서 운다

살갗으로 느껴지는
속삭이는 바람 소리가
마음의 빗장 풀어주고

가슴새
자유롭게 창공을 가른다

아픈 사람은
정말 아픈 사람은
아프다 말하지 않는다

꽃봄

잠시 오신 봄인데
꽃들의 노래가 한창이다

밝은 날
맑은 날
흐린 날 가리지 않고

늘
한결같이 변함없는
해마다 오시는 꽃봄

꽃잎 떨어져
꽃비 날리며
멀리멀리 떠나는
그날이 오기 전에

내 마음
예쁜 상자 안에
많이 많이 담아 놔야지
착한 봄비와 함께

시들지 않는 꽃

꽃에 향기가 있듯
글에도
마음에도
사람에게도 향기가 있다

꽃은
피고 지고 시들지만
글과 사람의 마음은 시들지 않는다

조물주가 창조하신
가장 경이롭고 위대한 작품

마음과 마음으로 전해져
영원히 시들지 않고 이어지는
시들지 않는 꽃

우리들의 꽃은 잘 자라고 있는가
혹여
아파하거나 슬퍼하지 않은지
가끔씩 들여다볼 일이다

시들어 떠나면
다시는 꽃 피울 수 없으니...

시들지 않는 꽃으로 살아가자

사냥

하루를 삼켜 버린 오늘
턱밑까지 차오른 배부른 욕심으로

충혈된 눈빛
사냥감을 찾는다

공평하게 주어진 듯
공평하지 않은 오늘은
덩실덩실 살풀이를 한다

정해진 틀 속에서
자꾸만 익숙해져
길들여져 가는
가엾고 연약한 인생이여

홀로되는 것 두려워 말고
노래를 불러라
깨지고 넘어져도
길들여지지 않는
살아있는 노래를 불러라

표적이 된다는 것
슬프고 괴로운 일

마음과 영혼 빼앗겨
나를 잃지는 말자

사냥꾼은 누구인가
사냥감은 무엇인가
오늘이라고 착각은 말라

행복은 이런 것

가야 할 곳이 있고
해야 할 일이 있고
지켜 줄 사람 있고
그리운 사람 있고
사랑할 사람 있고
살아야 할 이유 있고
내 속에 참 내가 있고
희망이 있고
기쁨이 있고
뜨거운 눈물이 있고
세상 모든 것 용서하고
품을 수 있는 따스한 가슴이 있고
떠날 때 웃으며 기쁜 마음으로 갈 수 있는
그런 나였으면 한다
디오게네스가 받은 그 햇살 한 줌으로도
행복해할 수 있는
행복은 바로 이런 것

구름도
바람도
해님도
달님과 별님도
늘 함께 동행해 주시니
함께여서 참 좋다
사소하게 누리는 이 한없는 받음이
어찌 보면 맑고 투명한 이슬 같은 행복
행복은 이런 것
많은 욕심 내려놓으면
내가 보인다
행복이 보인다

내 이름은 마음입니다

나는 색깔이 없습니다
색칠하는 사람이 색을 입혀 주면
나는 그 색깔이 됩니다

나는 주인이
아파하면 아파하고
슬퍼하면 슬퍼하고
기뻐하면 기뻐합니다

미움과 절망도
고통과 시련도
분노와 좌절도
기쁨과 감사함도
다 지니고 삽니다

하지만
할 수만 있다면 꿈을 꾸며 살고 싶습니다

그래서
나에게 생명을 불어넣어 줄
마음 따뜻하고 꿈을 꾸며 살아가는
그런 착하고 맑은 주인을 간절히 기다립니다

오늘도 두 손 모아 간절히 기도합니다
힘들고 지쳐도 투정 않으며
가진 것 많아도 뽐내지 않고 겸손하고 따뜻한
꽃처럼 아름다운 주인님 만나게 해달라고

나는 모두의 가슴 속에서 침묵하며
늘 한결같이 주인을 짝사랑하는
내 이름은 마음입니다

따개비

마음속에 다닥다닥
따개비가 붙어 산다

무슨 미련 많은지
납작 엎드려 떨어지지 않는
거칠고 질긴 미련아 근심아

함께 동행하기엔
난 네가 밉구나

은하수 쪽배 빌려줄 테니
깊고 어두운 바다 여행하지 말고
높고 푸른 하늘 여행 떠나렴

다닥다닥 따개비야
우리 그만 안녕 하자
우리 그만 이별하자

꽃물

개나리 진달래
벚꽃 하얀 목련
꽃비 되어 날리고

점점 익어가는 아쉬운 봄
붉게 꽃물이 든다

언제나 그랬듯
늘 아쉽기만 한 봄

봉숭아 물처럼
우리들 마음에
꽃물 들여놓고
너는 조금씩 멀어져 간다

착한 봄아
이쁜 봄아
귀여운 아가야

삶의 조각 조각마다
너의 꽃물 들여주렴

희망이 웃는다
꽃물이 퍼진다

저기 저 침묵의 바다에서

박진표 제4시집

2023년 1월 26일 초판 1쇄
2023년 1월 30일 발행
지 은 이 : 박진표
펴 낸 이 : 김락호
디자인 편집 : 이은희
기 획 : 시사랑음악사랑
연 락 처 : 1899-1341
홈페이지 주소 : www.poemmusic.net
E-Mail : poemarts@hanmail.net

정가 : 10,000원
ISBN : 979-11-6284-423-6